Wilhelm von Scherff

Einige taktische Grundsätze als Anhalt für die Ausbildung der Infanterie zum Gefecht und Kampfe

Antigonos

Wilhelm von Scherff

Einige taktische Grundsätze als Anhalt für die Ausbildung der Infanterie zum Gefecht und Kampfe

Unveränderter Nachdruck der Originalausgabe von 1879.

1. Auflage 2024 | ISBN: 978-3-38696-374-9

Antigonos Verlag ist ein Imprint der Outlook Verlagsgesellschaft mbH.

Verlag: Outlook Verlag GmbH, Zeilweg 44, 60439 Frankfurt, Deutschland
Vertretungsberechtigt: E. Roepke, Zeilweg 44, 60439 Frankfurt, Deutschland
Druck: Libri Plureos GmbH, Friedensallee 273, 22763 Hamburg, Deutschland

Einige
taktische Grundsätze

als

Anhalt für die Ausbildung der Infanterie

zum

Gesecht und Kampfe.

Von

W. von Scherff,

Oberst und Kommandeur des 3. Rheinischen Infanterie-Regiments Nr. 29.

Berlin, 1879.

Verlag von A. Bath.

Einleitung.

1) Das letzte Endziel der gegenseitigen Kraftabmessung im Kriege ist
die Vernichtung der feindlichen lebendigen Streitmacht.

2) Zergliedert man die zu diesem Ziele führende Thätigkeit, so wird
man finden, daß sie eigentlich vier Stufen zu durchlaufen hat
und erfahrungsmäßig meist durchläuft.

Jenes Zerstörungswerk beginnt nämlich:

mit der Kampfunfähigmachung (Tödtung, Verwundung,
Gefangennahme) feindlicher Einzelstreiter;

es setzt sich fort:

durch die Auflösung feindlicher Truppenverbände, deren
demoralisirte Einzelstreiter sich zur Flucht wenden;

es gipfelt:

in der Ueberwindung der Willensenergie der feind=
lichen Führung zur Fortsetzung der Kraftabmessung, und
erzwingt den Rückzug auch noch nicht aufgelöster Verbände;

es erscheint aber erst vollendet:

durch die Unmöglichmachung der Wiederherstellung
des in den drei ersten Stufen auf einer Seite verloren ge=
gangenen Gleichgewichts an materieller, physischer und morali=
scher Kraft durch die Eroberung der feindlichen Basis.

3) Insofern man unter Krieg im gewöhnlichen Sprachgebrauche nur
eine Massenhandlung versteht, bilden die auf die Vernichtung
des Einzelindividuums durch das Einzelindividuum abzielen=
den Mittel und ihre Anwendung gewissermaaßen nur eine Vor=
stufe des eigentlich kriegerischen Actes.

Die Details des Waffengebrauches für Trutz und Schutz —
Fechten, Schießen, Terrainbenutzen — sind als die ge=
gebene Grundlage der kriegerischen Handlung anzusehen.

Die individuelle Ausbildung des Einzelstreiters in diesen drei Disciplinen ist das nothwendige Fundament seiner Verwendung zu Kriegszwecken, welches aber für die reine Kriegslehre gleichsam unter dem Bauhorizont verschwindet.

4) In der nach eigentlichem Wortsinn „kriegerischen" Handlung machen sich sonach nur jene drei anderen, weiter greifenden Ordnungen von Gedanken, Ueberlegungen, Entschlüssen, Anordnungen und Wirkungen geltend, wie sie oben als zweite bis vierte Stufe bezeichnet sind.

Die sich mit den Vernunftgesetzen dieser dreifachen Thätigkeit beschäftigende Wissenschaft kann man als Kampf=, Gefechts= und Schlachtlehre unterscheiden.

Wissenschaftliche Tradition stellt meist die Schlachtlehre, als Strategie, den beiden anderen Seiten gegenüber, welche sie als Taktik zusammenfaßt.

5) Kampf, Gefecht und Schlacht stellen gemeinsam die Hauptfunktion des Krieges, das auf Vernichtung des Gegners gerichtete: Schlagen dar.

Da aber die Grundbedingung dieses Schlagens in einem Zusammentreffen mit dem Gegner besteht, welches nur durch eine vorgängige Bewegung (beider oder eines Theiles gegen den anderen) zu erreichen ist, so tritt zunächst der Funktion des Schlagens die Funktion des Marschirens zur Seite, welche sowohl die Anordnungen für die Bewegung selbst, wie diejenigen für die naturnothwendige Ruhe, das Lagern, umfaßt.

Da ferner für den Erfolg des Schlagens Ort, Zeit und Kraftvertheilung bei jenem Zusammentreffen von wesentlichem Einflusse sind, deshalb jeder der beiden Gegner bestrebt sein muß, in Bezug auf diese drei Faktoren die eigene Situation dem andern zu verbergen, die feindliche zu durchschauen, so stellt sich ferner die Funktion des Sicherns, mit ihrer dreifachen Forderung der Verschleierung, Aufklärung und Deckung gleichfalls der Funktion des Schlagens im Kriege überall und immer untrennbar und ebenbürtig zur Seite.

6) Für alle drei Stufen des Schlagens hängt, wie eben gesagt, der Erfolg — d. i. militairisch gesprochen: der Sieg — aufs wesentlichste davon ab:

wo? (Ort), wann? (Zeit) und wie? (Kraftvertheilung) das gegenseitige Zusammentreffen erfolgt.

Tieferes Eingehen in die Sache wird aber erkennen laſſen, daß für den (ſtrategiſchen) Schlachtſieg der Ort wo? für den (hier als „eigentlich taktiſch" zu bezeichnenden) Gefechtsſieg die Zeit wann? und für den (lokalen) Kampfſieg die Art wie? die Kraftvertheilung Platz greift, bezüglich die Kraftabmeſſung einſetzt, in den Vorder=grund treten — die entſcheidendere Stimme führen.

7) In Bezug auf alle drei Fragen bedarf es daher auf allen drei Stufen der Geiſtesarbeit der Ueberlegung ſeitens einer verant=wortlichen Führung, welche in dem beſtimmten Entſchluſſe gipfelnd, Ort, Zeit und Art des Schlagens für die durchführende Truppe durch den poſitiven Befehl zu regeln hat.

Wo die geiſtige Abwägung der in dieſen drei Richtungen vor=handenen Chancen jede Wahrſcheinlichkeit des Sieges ausſchließt, verlangt das Vernunftgeſetz den Nichteintritt in die Kraftab=meſſung!

8) Da der ſtrategiſche Act der „Schlacht" ſeiner äußeren Erſcheinung nach nichts anderes iſt als „Gefecht", und da die Hinausführung des errungenen Gefechtsſieges (Rückzug des Feindes) zu dem höheren Erfolge des Schlachtſieges (Eroberung der Baſis) lediglich von der Kombinationsgabe der höchſten Leitung — des **Feldherrn** — abhängt; ſo endet die Aufgabe der Truppe im Kriege, ſoweit ſie die Funktion des Schlagens betrifft, mit der erfolgreichen Durch=führung des Gefechtes, deſſen ſiegreicher Ausgang wiederum von der erfolgreichen Durchführung des „Kampfes" bedingt iſt.

Die Friedensvorbereitung der Truppe für den Krieg, auf die individuelle Einzelausbildung baſirt, gipfelt ſomit in ihrer ſachgemäßen Heranbildung für

Gefecht und Kampf.

Im Kampfe vollzieht ſich der erſte Akt des kriegeriſchen Ver=nichtungswerkes, indem im Widerſpiele gewaltſamer Vertrei=bung oder Behauptung zu beſtimmter Zeit an beſtimm=ter Stelle ſich der Localſieg (Kampfſieg) auf die eine oder die andere Seite neigt.

Zum Gefechtsſiege wird dieſer Erfolg durch die zweckent=ſprechende Beſtimmung des Ortes und namentlich der Zeit, wo und wann der Kampf einzuſetzen hat, damit der Kampfſieg der Vertreibung des Gegners dazu führe, auch die nicht in den Vernichtungsact mit verwickelt geweſenen, noch nicht in die „Flucht" geſchlagenen (ſ. 2.) Abtheilungen deſſelben zum „Rückzuge" zu zwingen: ein höherer Erfolg, welcher erlangt ist, wenn der obersten Führung des Feindes nicht mehr die nöthige Kraft zu Gebote steht (sie dieselbe oft vielleicht nur nicht mehr zu besitzen „glaubt"), um den auf einer oder mehreren Stellen ungünstig ausgefallenen Kampf durch anderen Einsatz mit besserer Aussicht auf Erfolg erneuern zu können.

Ein Gefecht ist daher niemals ohne Kampf, ein Kampf aber sehr wohl ohne gefechtsgerechtes Resultat denkbar!

Den Gesetzen beider Thätigkeitsrichtungen ist im Folgenden näher zu treten.

I. Von den drei Stadien des Gefechtes.

1) Jedes Gefecht durchläuft erfahrungsmäßig, mehr oder weniger ausgesprochener Maßen, zeitlich nacheinander: drei Stadien.

Je klarer diese Stadien erkannt, je bestimmter sie auseinander gehalten werden, desto leichter und erfolgreicher kann sich der geistige Einfluß der obersten Führung auf den Verlauf des Gefechtes geltend machen.

2) Das erste Stadium: der Einleitung soll dazu dienen, den höchsten Führer der zum Gefechte verfügbar stehenden oder anmarschirenden Truppe über die Sachlage im Momente des Zusammenstoßes mit dem Feinde zu orientiren; ihm die Zeit für die Fassung seines Entschlusses und für die nöthigen Anordnungen — für die erste Disposition — zu schaffen, um entweder

in das zweite Stadium: der Durchführung einzutreten, oder den jetzt noch möglichen Verzicht auf solchen Eintritt zu leisten: den freiwilligen Rückzug rechtzeitig antreten zu können.

Die Durchführung eines Gefechtes gestaltet sich jedesmal zu einem gewaltsamen Ringen um einen bestimmten Ortsbesitz — zu einem Kampfe im engeren Wortsinne — sei es, daß man den Gegner aus einer von ihm besetzten Stellung — offensiv — vertreiben; sei es, daß man sich irgendwo zunächst — defensiv — behaupten und dann zur Offensive übergehen will (Defensiv-Offensive), ohne deren erfolgreiche Durchführung niemals ein taktischer (eigentlicher Gefechts-) Sieg erfochten werden kann.

Gewöhnlich spielt sich dieses zweite Gefechtsstadium seinerseits wieder auf zwei räumlich nebeneinander liegenden Kampffeldern — Flügeln — in verschiedener Weise ab.

Bei offensiv geplanter Durchführung des Gefechtes nämlich ist es erfahrungsmäßig, namentlich bei einer gewissen Ausdehnung der feindlichen Stellung, von größtem Vortheile, diese Front nicht in ihrer ganzen Breite, mit überall gleichmäßig ver=theiltem Krafteinsatze anzufallen, sondern man wird meist leichteres Spiel haben und größere Resultate erreichen, wenn es gelingt, einen (womöglich sogar den größeren) Theil der gegnerischen Front — demonstrativ — zu beschäftigen, indeß man nur einen (relativ kleinen) Bruchtheil derselben — decisiv — anfaßt. (Demonstrativ= und Decisiv = Flügel.)

Ist auf diese Weise ein erstes Resultat erreicht, so befindet man sich für die Fortsetzung des Gefechtes — für die zweite Disposition — in um so günstigerer Lage.

Bei selbst geplanter defensiv=offensiver Durchführung des Gefechtes wird, des nothwendigen Umsatzes in die Offensive wegen, solche räumliche Zweitheilung des Gefechtsfeldes, erst recht vortheilhafter Weise und zwar gleichfalls von Hause aus, Platz zu greifen haben (Defensiv= und Offensiv=Flügel); umgekehrt aber wird man in der reinen Defensive zu solcher Zweitheilung der eigenen Front jedesmal gezwungen, wenn der offensive Gegner jenes oben erwähnte Verfahren befolgt.

An die Durchführung endlich schließt sich:
das dritte Stadium: der Vollendung des Gefechtes, aus der siegreichen (ursprünglichen oder späteren) Offensive heraus, durch die Verfolgung an, deren Ablehnung der besiegte Theil jetzt mit allen Mitteln anzustreben bemüht sein wird.

II. Von der Gruppengliederung zum Gefechte.
(Taktischer Aufmarsch.)

3) Diesen drei Stadien entsprechend muß jede in ein Gefecht einzu=setzende Gesammttruppe in die drei Gruppen:
    der Gefechtsavantgarde oder Einleitungsgruppe,
    des Gros oder der Durchführungsgruppe, und
    der Reserve oder Verfügungstruppe (besonders, wenn auch nicht ausschließlich, zur Verfolgung event. ihrer Ablehnung bestimmt)
gegliedert werden.

Für die relative Stärkebemessung dieser drei Gruppen sind hier als bekannt vorauszusetzende, allgemeine Grundsätze maß=gebend, aus welchen nur besonders hervorzuheben ist, daß es gerathen erscheint, die Einleitungsgruppe möglichst schwach zu bemessen (sie bei defensiv geplantem Gefechte vielleicht ganz zu unterdrücken), und in die Reserve bei geplanter Offensive nicht mehr als etwa $^1/_6$—$^1/_4$, bei der geplanten Defensiv=Offensive nicht über $^1/_4$—$^1/_3$ der vorhandenen Gesammtkraft einzutheilen: so daß das Gros durchschnittlich $^2/_3$ — $^1/_2$ der disponiblen Stärke umfaßt.

4) Die **Grundbedingung** für eine erfolgversprechende Verwendung der Truppe im Gefechte, ist die unter dem Schutze der Gefechts= (oder schon der Marsch=) Avantgarde sich vollziehende und jedenfalls **vor** Eintritt in die Durchführung zu **vollendende Gliederung** der verfügbaren Gesammtkraft (mindestens doch ihres größesten Theiles) in die eben genannten Gruppen, das ist: die **Vollendung des taktischen Aufmarsches!**

Aus diesem taktischen Aufmarsche heraus (dem event. der „reglementarische" der etwa in Marschcolonne ankommenden einzelnen Truppenkörper seinerseits vorangegangen sein muß), erfolgt durch die Disposition der höchsten Führung: **die Vertheilung der einzelnen Kampfaufgaben auf die einzelnen Gruppen,** deren Anführer dann weiterhin nach **eigenem** Ermessen die „Entwicklung" ihrer Truppe zum Kampfe zu regeln haben. (s. später.)

Bei dieser Rollenvertheilung, und **nur bei ihr,** kommen dann alle jene gefechtstaktischen Grundsätze zur Anwendung, deren bekanntester und wichtigster den Werth der Einwirkung auf die feindliche **Flanke** so besonders hervorhebt; eine Einwirkung, welche aber ihrerseits wieder wesentlich von dem Ergreifen des richtigen **Zeitmomentes** für den Krafteinsatz bedingt wird.

Dieser Forderung Rechnung zu tragen, ist sonach lediglich Sache der **Gefechtsführung;** der zu einer bestimmten **Kampf= aufgabe** eingesetzte Truppentheil hat es dann aber weiterhin nur mit seiner **frontalen** Kraftentfaltung zu thun.

Ist das Gefecht richtig disponirt, namentlich der **Zeitpunkt** für den Einsatz des Entscheidungsstoßes resp. Gegenstoßes richtig berechnet, so wird derselbe, wenn irgend angängig, gegen die feindliche **Flanke angesetzt** sein; die „durchführende" Truppe kann aber dann nur **grabaus** gehen: für aber= und abermalige Umfassung wird ihr der Platz fehlen oder ihre schließliche **Frontalkraft** wird dadurch auf Null reducirt.

5) Die weitaus wichtigste **Einzel=Kampfaufgabe,** zu welcher eine Truppe berufen werden kann, ist offenbar die **Durch=**

führung eines reinen Offensivactes, weil eben im Kriege letztinstanzlich nur ein Offensivsieg zum Ziele führt.

Demnächst aber bildet auch die Durchführung eines reinen Defensivactes eine zweite schwerwiegende Aufgabe, für die jede Truppe vorgebildet sein muß.

In beiden Fällen tritt die betreffende Truppe als Gros (oder doch Theil des Gros) in einen Decisivkampf ein. Aber auch schon Bruchtheilen des Gros kann eine Art demonstrativer Kampfaufgabe, namentlich in jener „offensiv = defensiven" Weise zufallen, „welche immer droht, ohne doch ernstlich anzubeißen."

Rein demonstrativ und dabei grundsätzlich (sogar in geplanter Offensive) in der Form der „hinhaltenden Defensive" auftretend, „welche das Aeußerste nicht abzuwarten braucht", gestaltet sich die Kampfaufgabe der Gefechtsavantgarde; indeß eine Reserve zu jeder dieser verschiedenen Kampfaufgaben berufen werden kann.

III. Von der Ausbildung zum Gefechte und Kampfe.

6) Für die Ausbildung einer Truppe wird man nach dem Gesagten also jedesmal zu erwägen haben, ob man die bezügliche Uebung auf die möglichst kriegsgetreue Darstellung eines ganzen Gefechtes beziehen, oder sich damit begnügen will, event. muß, nur ein Stadium, bezüglich im Durchführungsstadium, sogar nur das Verhalten der Truppe auf dem einen oder dem anderen Kampffelde, zur Anschauung zu bringen. (s. 2.)

Allerdings ist ja der Fall nicht gerade absolut ausgeschlossen, daß schon ein einzelnes Regiment, ein einzelnes Bataillon, ja eine einzelne Compagnie ein „ganzes" Gefecht durch alle drei Stadien würde durchführen können. (Nächtlicher Ueberfall, Fortnahme eines einzelnen Postens u. dgl.) Andererseits kann es aber auch wohl geschehen, daß selbst ein volles Armeecorps und mehr nur für die Lösung einer der genannten Einzelaufgaben (mindestens 2. und 3. Stadiums) verwendet werden muß.

Erfahrungsmäßig kann man wohl sagen, daß es zur Durchführung eines ganzen Gefechtes, welches diesen Namen dadurch wirklich verdienen soll, daß ein „taktischer Sieg" aus demselben hervorzugehen vermag, des Einsatzes einer aus verschiedenen

Waffen zusammengesetzten Abtheilung (meist wohl min=
destens einer Division) bedürfen wird.

7) Immerhin muß jeder Truppenkörper von der Compagnie an, darauf
geübt sein, sowohl als „Gefechts=", wie als „Kampfkörper" auf=
treten zu können.

Die wirklichen Gefechtsübungen kleiner Körper
(bis inclusive Regiment und event. Brigade), ebenso wie

ihre Uebungen in den demonstrativen Kampfauf=
gaben

gehören in das Gebiet unserer Felddienst= und Detache=
mentsübungen.

Die Uebungen in der Lösung decisiver Kampfauf=
gaben in dem Rahmen einer bestimmten Gefechtsidee
bilden den Gegenstand unserer Exercirübungen (auf dem
„Platze", wie „im Terrain").

Umgekehrt kann aber auch ein Truppenkörper (selbst bis zur
Stärke einer Division und eines Corps) als einheitliches
Ganze nur geübt (resp. „vorgestellt") werden, wenn er sich
in den Grenzen einer einzelnen Kampfaufgabe hält.

Für diesen Fall ist es jedoch erwünscht (oft nöthig), daß
(außer dem Feinde) auch die für den gedachten Ernstfall that=
sächlich vorhanden gewesenen „anderen Gruppen" (der eigenen
Seite) — mindestens in ganz großen Zügen markirt, jedenfalls
so supponirt werden, daß auch die Unterführer sich in die Situation
hineindenken können. Denselben steht ja zwar jetzt keine
eigene Initiative nach Ort und Zeit, wohl aber doch immer
noch innerhalb ihrer Grenzen eine selbstthätige Einwirkung
auf die Art der Durchführung zu, an deren Handhabung
sie gewöhnt werden müssen.

Zu diesen Exercirvorübungen für Kampf und Gefecht
gehört dann aber schließlich auch noch die Ausbildung zum geord=
neten Evolutioniren in der Masse, wie ein solches im Ernst=
falle, z. B. besonders einer Reserve als Vorläufer für ihren Ein=
tritt in den Kampf geläufig sein muß.

IV. Von der Treffengliederung zum Kampfe.
(Taktische Entwickelung.)

8) Wie das Gefecht als Gesammthandlung, so gliedert sich auch
der Kampf im eigentlichen Wortsinne, in drei sich zeitlich

nacheinander abspielende Stadien, von denen jedoch, unter Umständen, das letzte oder selbst die beiden letzten ganz aus= fallen können.

Nur die offensive Absicht der gewaltsamen Vertreibung des Gegners von einem durch ihn occupirten Flecke führt zu einem alle diese drei Stadien durchlaufenden Vollkampfe. Die defensive Absicht der gewaltsamen Behauptung stellt meist nur einen zweistadigen Halbkampf dar, der wohl den Gegner abweisen, nur sehr ausnahmsweise aber ihn „vernichten" kann. Der de= monstrative Scheinkampf endlich tritt nur des Zeitgewinnes wegen in das erste Kampfstadium ein, dessen entscheidende Durch= führung und Vollendung seiner Absicht aber geradezu widerstrebt.

Abermals wird, je klarer diese Stadien erkannt, je bestimmter sie auseinander gehalten werden, desto wirksamer der geistige Einfluß der Anführung sich zu Gunsten des Kampfverlaufes geltend machen.

9) Diesen drei Stadien:

> der Vorbereitung oder Erschütterung,
> der Durchführung oder Vertreibung (resp. Behauptung),
> der Ausnutzung oder Vernichtung des Gegners (resp. ihrer Ablehnung)

entspricht die kampfgerechte Gliederung der Truppe — ihre Ent= wickelung — in drei Treffen:

> das Vor= (bereitungs=) Treffen,
> das Haupttreffen und
> das dritte, Ausnutzungs= oder auch Verfügungstreffen (nicht! gleichbedeutend mit „Reserve").

Vor=, Haupt und Ausnutzungstreffen werden in ihrer Stärke verschieden bemessen werden, in ihrem Verfahren verschieden auf= treten müssen, je nachdem die der Truppe durch die Gefechts= führung gestellte Kampfaufgabe, von ihr die Leistung:

> eines decisiven Offensivactes,
> eines decisiven Defensivactes, oder
> eines demonstrativen Verhaltens

verlangt.

Das demonstrative Verhalten wird aber selbst wieder ein ver= schiedenes sein, je nachdem es in einem rein offensiv oder in einem defensiv=offensiv geplanten Gefechte, dort mehr „fest= haltend", hier mehr „anziehend" wirksam, zur Anwendung kommen soll.

10) Die Entwickelung einer Truppe zum Kampfe, aus ihrem Aufmarsche zum Gefecht (s. 4.) muß spätestens von dem Momente ab erfolgen, wo sie anfängt, Verluste zu erleiden. (gegen Artillerie also event. schon auf 3000 Meter und mehr, gegen Infanterie allein auf etwa 1500 Meter — beides natürlich nur, wenn das Terrain es nicht erlaubt, gedeckt näher heran zu kommen oder den Feind zu erwarten.)

Die Entwickelung begreift nicht nur die Tiefengliederung nach Treffen, d. i. die Hintereinanderordnung von Unterabtheilungen einer Truppe in sich, sie bezieht sich auch auf die Breitengliederung, d. i. die Nebeneinanderordnung ihrer Unterabtheilungen, nach Maßgabe später zu erörternder Grundsätze.

Die „entwickelte" Truppe vermag erfahrungsmäßig im feindlichen Feuer nicht mehr zu evolutioniren, d. h. Front- und Formationsveränderungen im größeren Style durchzuführen, wie das z. B. außerhalb des Feuers Cavallerie gegen Cavallerie wohl noch füglich zu thun im Stande ist.

Eine Infanterietruppe muß daher vor ihrer Entwickelung bereits denjenigen Punkt erreicht haben, von dem aus sie im großen Ganzen gradaus (offensiv, defensiv oder demonstrativ) wirken soll; darf umgekehrt sich nicht entwickeln, ehe das geschehen ist.

Ihr das zu ermöglichen, ist Aufgabe der Gefechtsführung, der Disposition.

V. Vom Offensivkampfe.

11) Zum Zwecke eines reinen Offensivkampfes wird sich eine Truppe meist in drei gleich starke Treffen gliedern müssen, deren Unteraufgaben solche Kraftbemessung nothwendig erscheinen lassen.

A. Allgemeines

In größeren Verhältnissen kann es sogar nothwendig werden, zwischen das Haupt- und dritte Treffen noch ein (dann meist aus dem dritten vorgeschobenes), „Unterstützungstreffen" (welches jetzt meist als „zweites Treffen" bezeichnet wird*) einzuschieben. Alle drei Treffen sind bis zum vollen Kraftverbrauche für die Lösung der gestellten Aufgabe einzusetzen und bedarf es

---

*) Die Nummerirung unserer Treffen datirt noch aus den Zeiten einer älteren Taktik und verführt gegenüber den neuen Formen leicht zu Irrthümern.

dazu, namentlich auch für das dritte Treffen, keiner ausdrück=
lichen Anweisung, wie eine solche der „Reserve einer Gefechts=
truppe" zu geben, ausschließlich der höchsten Führung im
Gefechte vorbehalten bleibt.

Erfahrungsmäßig ist es nicht mehr möglich (wenn es über=
haupt jemals war) heutzutage einem intakten, zur Behauptung
seiner Stellung bereiten und entschlossenen Gegner gegenüber,
ohne eigene Waffenwirkung, auch nur bis auf eigene
wirksamste Schußweite (geschweige denn bis Leib an Leib) nahe
zu kommen.

Die Vorwärtsbewegung einer Angriffstruppe von der
„Anfangsentfernung" der beginnenden Verluste bis zu dem
„Abstande eigener wirksamster Feuerentfaltung" an
den Feind heran, muß daher irgend wie vorbereitet werden.

Nun ist aber erfahrungsmäßig dieser „wirksamste Abstand"
vom Feinde (gleiche Bewaffnung vorausgesetzt) gleichzeitig auch als
„Entscheidungsentfernung" anzusehen, d. h. es wird sich
in der bei Weitem größesten Mehrzahl der Fälle nur
darum handeln, wer von beiden, sich auf diese Entfernung gegen=
überstehenden, Theilen jetzt eine überlegene Feuerwirkung zur
Geltung bringen kann, durch welche dann (abermals erfahrungs=
mäßig) der unterlegene Theil schon nach wenig Minuten:
zum Verlassen seines (behaupteten oder im Vorgehen erreichten)
Platzes gezwungen werden wird.

Die Aufgabe der Vorbereitung, somit des Vortreffens,
ist es darnach, dem Haupttreffen die Annäherung bis auf diese
Entscheidungsentfernung vom Feinde zu ermöglichen.

Die Aufgabe der Durchführung seitens des Haupttreffens
besteht dann weiter darin: mit dem Vortreffen zu gemeinsamer
Arbeit verschmolzen — eine überlegene Feuerwirkung zur
Geltung zu bringen, und wenn sie sich geltend gemacht hat, von
der feindlichen Stellung — durch den Sturm — thatsächlich
Besitz zu ergreifen; während es äußersten Falles (neben
anderen später zu erörternden)

die Aufgabe des dritten Treffens bleibt, da, wo diese
Ueberlegenheit seitens des Haupttreffens nicht erreicht werden
konnte, zur Fortführung der Aufgabe des Haupttreffens seiner=
seits sich einzusetzen.

Die Möglichkeit, ohne eine solche überlegene Feuerent=
faltung seitens des Vor= und event. Haupttreffens einen ent=

schlossenen und gut postirten Gegner aus seiner Stellung ver=
treiben zu können, darf heutzutage nur noch zu den Aus=
nahmen gerechnet werden: der moderne Infanteriekampf
entscheidet sich durch das Feuer, nicht mehr (und hat
es eigentlich nie gethan) durch das Bajonet, dessen Arbeit
erst im Vernichtungsact des dritten Stadiums beginnt.

Die Offensivaufgabe ist im Grunde gelöst, wenn es gelungen
ist, mit Vor= und Haupttreffen sich auf Entscheidungsent=
fernung (400—200 Meter) festzusetzen und sich dort auch nur
10 Minuten lang zu behaupten; was nachfolgt — der Sturm
— ist eigentlich nur ausführbar, wenn man thatsächlich schon gesiegt
hat! er dient dazu, ist nothwendig — um die Vernichtung
des Gegners zu vollenden, welche als drittes Kampfstadium
sich an seine Durchführung anschließt!

12) Die Aufgabe des Vortreffens besteht nach dem Gesagten darin,
selbst bis auf Feuerentscheidungsentfernung an den
Feind heranzugehen, sich an dieser Grenze zu etabliren,
das Haupt= event. sogar das dritte Treffen an dieser Stelle
abzuwarten, um endlich entweder mit ihnen vereinigt
den Sturm auszuführen oder selbst im Feuer liegen
bleibend (eigentlich dann mehr demonstrativ festhaltend), den
Sturm jener anderen Abtheilungen zu unterstützen.

Das „Herangehen des Vortreffens auf Entscheidungsentfernung"
ist aber offenbar wieder nichts anderes, als der Mikrokosmos
des Gesammtangriffes selbst, nur daß das Ziel seiner Vorbe=
wegung statt in der feindlichen Stellung, auf „wirksamste Schuß=
weite" vor derselben gesucht werden soll.

Erst wenn dieses Ziel erreicht ist, wird es sich übersehen
lassen, ob die physische und moralische Erschütterung
des Feindes (vielleicht Dank der Wirkung der eigenen Artillerie
oder durch andere Gründe) soweit gediehen ist, daß der Schützen=
anlauf genügen wird, um von der feindlichen Stellung wirklich
Besitz ergreifen zu können.

Ist das nicht der Fall, so setzt ein Vorprellen des Vor=
treffens über die eigene wirksamste Schußweite hinaus, ein ver=
einzeltes Hineinlaufen der Schützen in den Bereich des nächsten
feindlichen Feuers, dasselbe einer vorzeitigen Vernichtung und
damit die Truppe einer Theilniederlage aus, durch welche auch die
Leistungsfähigkeit des Haupttreffens wesentlich compromittirt wird
— ist also ein Fehler.

Mit seltenen Ausnahmen wird daher die Initiative zum Ein=
bruch in die feindliche Stellung von hinten ausgehen, mit dem
Herankommen des Haupttreffens an die Schützenlinie zusammen=
fallen müssen.

Man ist für diesen Act nie zu stark und es erscheint vortheil=
hafter, zehn Minuten später den Gegner durch eigene numerische
Ueberlegenheit zu vernichten, als ihn zehn Minuten früher zum
freiwilligen Rückzuge mit geringem Verluste zu veranlassen!

Um zunächst auch nur diese Entfernung vom Feinde zu er=
reichen, wird das Vortreffen seinerseits einer Vorbereitung („der
Vorbereitung") bedürfen und muß sich in sich dementsprechend
wieder in mindestens zwei, eigentlich sogar drei Linien gliedern
(f. 11, pass. 1).

Liegt es auch im Interesse des Vortreffens und muß es des=
halb mit allen Mitteln angestrebt werden, dasselbe, womöglich
ohne einen Schuß zu thun, von der Anfangsentfernung gleich
in einem Zuge bis auf wirksamste Schußentfernung an den Feind
heranzubringen, so wird das in Wirklichkeit doch nur selten
gelingen.

Von dem Eintritte des Vortreffens in den Bereich des feind=
lichen „guten Massenfeuers", d. i. etwa von 1000—600 Meter
ab, wird es seinerseits sein Feuer einzusetzen gezwungen sein; aber
auch schon vorher, von der Grenze „eigener Verluste" an, wird
meistentheils eine gewisse Art von Gegenwirkung sich als noth=
wendig erweisen.

Das Vortreffen durchschreitet daher am besten die Zone von
der ersten (1500—900 Meter) zur zweiten (700—500 Meter) Ent=
fernung in geöffneter Schützenlinie so lange als möglich,
ohne zu schießen, event. im wechselnden Gliederfeuer, welches
mehr seiner moralischen (ablenkenden), als seiner effectiven Wirkung
wegen zur Anwendung kommen muß.*)

---

*) Diese Art des Feuers erscheint allerdings als „Munitionsverschwendung",
insofern man sich eine Wirkung auf den Feind schwerlich davon versprechen
kann. Trotzdem wird es seines Einflusses auf die eigenen Leute wegen oft
nicht vermieden werden können und verdient dann doch noch den Vorzug vor
dem sonst leicht einreißenden eigenmächtigen Feuer der Schützen. In der
Schützenlinie wird die Aufmerksamkeit der Leute durch die eigene Thätigkeit, das
Kommando 2c. (ähnlich wie in der Colonne durch das Tambourschlagen) von
den sich mehrenden Verlusten abgelenkt, und die nachfolgenden geschlossenen Ab=
theilungen finden in dem vorausgetragenen eigenen Feuer eine gewisse Beruhigung.

Von der zweiten Zone an wird die Verstärkung der geöffneten zur geschlossenen Schützenlinie (durch die zweite bis dahin meist mit der dritten vereinigt gehaltene Linie des Vortreffens [2. Züge]) sich als nothwendig erweisen. Die Anwendung der Schwarmsalve, dann des lagenweisen Schützenfeuers, jetzt schon mit der Absicht, eine wirklich vorbereitende Wirkung auszuüben und das bruchstückweise, abwechselnde Vorgehen, später Vorlaufen, wird Platz greifen müssen, um so sich den Weg zur dritten und letzten Entfernung (400—200 Meter) zu bahnen, auf welcher auch die dritte Linie des Vortreffens (Soutienszüge) in die geschlossene Schützenlinie event. als zweites Glied eindoublirt, um nunmehr mit dem ganzen Vortreffen zum Massenfeuer der Einzelschützen überzugehen.

Die Soutienszüge werden im Ernstfalle wohl nur gerade zur Ausfüllung der bis jetzt entstandenen Lücken dienen; auf dem Uebungsfelde betheiligen sie sich über die liegende, dichteste Schützenlinie fort durch gemeinschaftliche Salven oder wohl meist durch Massenfeuer an der eigentlichen Vorbereitung des Sturmes.*)

Da es in größeren Verhältnissen wesentlich Sache der eigenen Artillerie sein wird, der Infanterie den Haupttheil der Vorbereitungsarbeit abzunehmen, so wird unter solchen Verhältnissen dem Vortreffen einmal die Durchschreitung der zweiten Zone (700/500 bis 400/200 Meter) wesentlich erleichtert werden, dasselbe sich aber auch andererseits doppelt davor hüten müssen, durch zu nahes Herangehen an den Feind, ehe das Haupttreffen zur Hand ist, die Artilleriewirkung allzufrüh zu maskiren.

Im Verbande beider Waffen wird es dann aber oftmals Aufgabe des Vortreffens werden, über die erste Artilleri-position vorgeschoben, aber diesseits der guten feindlichen Infanteriemassenwirkung zurückgehalten, der Schwester-waffe als Bedeckung zu dienen, wenn diese Aufgabe nicht durch die selbstständige Einleitungstruppe geleistet werden kann (f. 3).

Wo Artillerie diese Beruhigungsrolle übernehmen kann, unterbleibt natürlich auch das Gliederfeuer lieber ganz.

*) Dieses Einschieben der letzten Soutiens zur höchstmöglichen Steigerung der Feuerentfaltung vor dem beabsichtigten entscheidenden Sturm hat nichts mit dem — wohl nur in der Defensive und allenfalls beim Rückzuge angezeigten — Vorholen der Soutiens zur sogenannten „kleinen Salve" zu thun, nach deren Abgabe dieselben wieder zurückgezogen werden sollen!

C. Das Haupt-
treffen. 13) Die Aufgabe des Haupttreffens ist es, dem auf wirksame Schußweite vom Feinde etablirten Vortreffen einige Minuten nach
Beginn seines wirksamsten Vorbereitungsfeuers die Kraft
und den Impuls zu geben, entweder den bereits genügend
erschütterten Feind im gemeinsamen Sturme aus seiner Stellung
vertreiben zu können, oder durch Einsatz des eigenen Massenfeuers diese genügende Erschütterung zu bewirken, sich dabei womöglich näher an den Feind heranzuarbeiten, um endlich
beim Herankommen des dritten Treffens die Aufgabe des Ein-
bruches in die feindliche Stellung zu lösen.

Der Abstand des Haupt- von der ersten Linie des Vortreffens berechnet sich nach den beiden Anforderungen, daß es einmal wünschenswerth erscheint, die Abtheilungen des Haupttreffens
während der Vorbewegung aus der Anfangs- bis zur Entscheidungsentfernung nicht gleich in die Mitleidenschaft eines auf jene
erste Linie gerichteten feindlichen Feuers gerathen zu lassen; ferner-
hin aber auch darnach, daß es jener ersten Linie doch so nahe
sein muß, daß ihre Unterstützung nach einmal erfolgter Etablirung
zur Vorbereitung erfolgen kann, ehe sie einem etwa überlegenen
feindlichen Feuer zu unterliegen droht.

Beide Tendenzen haben übereinstimmend dahin gewirkt, diesen
Abstand auf etwa 5—600 Schritte (400 Meter) bestimmen zu lassen.

So lange das Haupttreffen noch nicht zu eigener Thätigkeit berufen ist, bewegt es sich event. unter Zuhülfenahme kurzer
Diagonalbewegungen in denjenigen Kampfbewegungsformen
(kleinen Kolonnen oder noch besser Linien), welche den momentan
besten Schutz gegen das jeweilige feindliche Feuer zu bieten
versprechen.

Beim Herannahen an die etablirte Vortreffenslinie wird seine
Formation von der wahrscheinlichen Aufgabe abhängen:
entweder

nur dem Schützenanlaufe des Vortreffegs zu folgen, oder
mit dem Vortreffen vereinigt, event. auch durch (über) dasselbe vorstoßend, sofort zum Sturme zu schreiten,
oder endlich sich

zur Verstärkung des Vorbereitungsfeuers einsetzen zu
müssen.

Das Exercierreglement gibt für alle drei Fälle die nöthigen
formalen Anhaltspunkte; es erlaubt, was wohl als absolut
nothwendige Maßregel angesehen werden muß, die Fort-

ſetzung des Feuers ſeitens des in die Intervallen der ge=
ſchloſſenen Abtheilungen des Haupttreffens eingeſchobenen Vor=
treffens auch während der Bewegung.*)

14) Die oben allein ſkizzirte Aufgabe des dritten Treffens er= D. Das dritte
Treffen.
ſcheint zunächſt nur als die Aufnahme und Fortſetzung der
noch nicht gelungenen Löſung der Aufgabe des Haupttreffens;
ſeine Zurückhaltung hinter dieſem Treffen, da, wo auch nur
der leiſeſte Zweifel an dem Erfolge der vorderen Treffen auf=
kommen könnte (und wann wäre man jemals ſeiner Sache ganz
ſicher), zunächſt alſo nach allgemein taktiſchen Grundſätzen
(einzige Rückſicht: Sicherung des Erfolges!) — als ein Fehler!

Aber andere Gründe wichtigſter Natur machen ſich geltend,
trotzdem jene anfängliche Zurückhaltung zu üben, ja ſie als die
Regel zu fordern.

Zunächſt iſt durch die „Vertreibung“ des Gegners aus ſeiner erſten
Stellung noch nicht der letzte Kampfzweck ſeiner Vernichtung
erreicht, kann derſelbe andererſeits nur durch den Einſatz eines
neuen Kraftaufgebotes erreicht werden, zu dem, einem energiſchen
Feinde gegenüber, die zerſchoſſenen und verſchoſſenen Abtheilungen
der beiden vorderen Treffen faſt ausnahmslos nicht mehr fähig
ſind. Gerade das Streben nach höchſtmöglichen Reſultaten weiſt
darauf hin, die Sicherſtellung und Vollendung des Werkes
einem bis dahin möglichſt intakt gehaltenen, in ſich ge=
ſchloſſenen Körper zu überweiſen. Iſt derſelbe nur ſo nahe
zur Hand, um nöthigenfalls ſofort die nicht von Reſultaten
gekrönte Arbeit der anderen Treffen ſeinerſeits aufzunehmen, ehe
ſich dieſelben daran verblutet haben, ſo iſt auch jener oben an=
gedeutete Fehler damit — corrigirt!

Anderes kommt hinzu!

Beim Anſatze der erſten beiden Treffen zum Angriffe wird es
ſich nicht immer gleich von Hauſe aus überſehen laſſen, ob die
zuerſt beliebte Breitengliederung dieſer hintereinander ge=
geordneten Linien den thatſächlichen, oft erſt ſpät ſich enthüllen=
den, Verhältniſſen beim Feinde entſpricht: das dritte Treffen iſt

---

*) Das fortgeſetzte Hinüberſchlagen von Kugeln über den bereits durch
das Erſchütterungsfeuer hinter ſeine Deckungen „geduckten“ Gegners geſtattet
einzig und allein die Durchſchreitung des trennenden Raumes und verhindert
das „Wieder zur Beſinnung kommen“ deſſelben!

da: hier event. verlängernd (vielleicht selbst doch noch:·flankirend) einzutreten.

Selbst die von Anfang an richtig erkannte Situation kann sich aber im Laufe der Aktion ändern: ein nicht apathischer Gegner wird dem Angriffe nicht lediglich seine frontale Widerstandskraft entgegenstellen; er wird, wo und wann irgend angängig, besonders im Stadium des gegnerischen Sturmes, mit partiellen Gegenstößen hervortreten, deren Abweisung das jetzt als „Verfügungstreffen" auftretende dritte Treffen übernehmen muß, wenn nicht die ganze Vorbewegung der ersten Treffen zu einem, je näher am Feinde, um so verhängnißvolleren Stutzen gebracht werden soll.

Aus eigener Initiative seines Führers sich ganz oder theilweise sofort dorthin zu wenden, da einzugreifen, wo die dem Gesammttruppentheil gestellte Offensivaufgabe gefährdet erscheint, ohne sich doch unnützer und voreiliger Weise in den Kampf der anderen Treffen zu stürzen — das ist die Aufgabe des — von einer Reserve sehr wesentlich verschiedenen — dritten Treffens!

Es leuchtet ein, daß, um diese Aufgabe zu lösen, es dem Haupttreffen auf keine sehr viel größere Entfernung folgen muß (5—800 Schritte), als der Abstand dieses von der ersten Vortreffenslinie beträgt.

E. Die Befehlseinheiten. 15) Die Darlegung der Aufgaben der drei Treffen im reinen Offensivacte begründet die oben aufgestellte Forderung, daß ihre relative Stärkebemessung eine etwa gleichtheilige sein muß.

Diese Forderung beeinflußt nun aber wieder aufs wesentlichste die Wechselbeziehung zwischen Tiefen= und Breitengliederung eines einheitlichen Truppenkörpers.

In der dichtesten Schützenlinie, wie sie das Vortreffen auf wirksamste Schußweite vom Feinde nach Möglichkeit aufrecht erhalten soll, bedarf der Einzelschütze (besonders im Liegen) etwa einen Meter Raum.

Sollte nun z. B. eine Compagnie von 200 Feuergewehren nach den hier besprochenen Gesichtspunkten einen ganzen Offensivact durchführen, so würden zunächst für das Vortreffen ($^1/_3$) etwa 70 Mann disponibel sein, von denen aber nur ($^2/_3$) etwa 46 Mann zur Bildung erst der geöffneten, dann der geschlossenen Schützenlinie Verwendung finden dürften, indeß der Rest zur Ergänzung des Ausfalles zunächst zurückgehalten werden muß. Es leuchtet ein, daß eine Tiefenausdehnung von rund 800—900 Meter (doppelter Treffenabstand) zu einer Breitenausdehnung von kaum 50 Meter für die Befehlsleitung einer Compagnie, so außerordentlich ungünstig ist, daß wohl Niemand auf den Gedanken kommen wird, wenn er eine Anzahl Compagnien zur Durchführung eines Offensivactes zur Verfügung hat, dieselben je in sich, in drei Treffen gegliedert, nebeneinander zu stellen.

Schon günstiger, aber doch immerhin noch ziemlich schwierig für die Befehlsführung würde sich die Sache z. B. bei einem Bataillon gestalten, welches eine Compagnie ins Vortreffen, zwei ins Haupt= und eine ins dritte Treffen stellt. Auf eine Tiefe von 800—900 Meter entfällt auch dann nur eine Breite von ca. 140 Meter ($^2/_3$ von 200 Gewehren à 1 Meter).*)

Umgekehrt, wenn ein Regiment je ein Bataillon in jedes Treffen nehmen will, so nimmt der Befehlsrayon des Vortreffens=Bataillonscommandeurs die Gestalt eines Oblongums von etwa (4×140) 560 Meter Breite auf 200 Meter (halber Treffenabstand) Tiefe an, ein Verhältniß, welches zwar nicht unmöglich, aber doch auch nicht günstig ist.

Es ergiebt sich aus diesen Beispielen die Berechtigung der praktischen Regel, daß im Grunde erst ein Regiment in der Lage ist, einen Offensivkampf durch alle drei Stadien durchzuführen und daß es sich dazu vortheilhafter Weise mit zwei Bataillonen nebeneinander, als Vor= und Haupttreffen und dem dritten als drittes Treffen formirt;

daß ferner ein Bataillon gewöhnlich nur die zwei ersten Stadien eines solchen Kampfes zu leisten vermag und sich dazu praktischer Weise mit zwei Kompagnien im Vor=, zwei im Haupt=treffen formirt;

daß endlich eine Kompagnie meist nur zur Durchführung des ersten oder zweiten Stadiums eines solchen Actes berufen sein kann.

Das giebt die allgemeinen Anhaltspunkte für die Ausbildung der bezüglichen Truppeneinheiten zur Durchführung einer decisiven Offensive.

---

*) Das neue, sonst sehr sachgemäße französische Reglement schreibt einem Bataillon eine solche Gliederung mit einer Gesammttiefenausdehnung bis zu tausend Meter vor! Eine Anordnung, welche die Truppe dem Ein=flusse ihrer Kommandeurs entziehen muß.

Was einerseits über weitere Details (Vortreffenscompagnien neben= oder hintereinander; verkleinerte Bataillonsbreitenentwickelung auf nur 250—300 Schritte statt Meter; Soutiensabstände u. f. w.), andererseits über größere Verhältnisse zu sagen wäre (Regiment im Brigadeverband mit drei Bataillonen im Vor= und Haupt=treffen; besonderes „Unterstützungstreffen" u. f. f.), würde hier für die vorliegenden Zwecke theils leicht zu beschränkend wirken, theils zu weit führen können.

VI. Vom Defensivkampfe.

16) Der decisive Defensivkampf bildet nur eine Episode der gefechtsgerechten Defensiv=Offensive; seine Aufgabe geht zunächst nicht weiter, als bis zur Behauptung der angewiesenen Stellung bis zum Aeußersten; eine andere Truppe ist berufen, die Früchte des Defensivsieges — der Abweisung des feind=lichen Angriffes — einzuernten. Nur ausnahmsweise und dann auch wohl nur in kleineren Verhältnissen wird der entschei=bende Umsatz in die Offensive aus der Stellung selbst heraus erfolgen können oder dürfen.

Nichtsbestoweniger ist festzuhalten, daß auch die reine Defensiv=aufgabe ohne einen gewissen Offensivbeisatz schwerlich wird gelöst werden können und die Treffengliederung wird deßhalb auf die Ermöglichung solcher Partialstöße Rücksicht nehmen müssen.

Die Entwickelung einer möglichst unter allen Umständen gesicherten frontalen Feuerüberlegenheit tritt derartig in den Vordergrund; der Umstand, daß man selbst in Stellung den Gegner erwartet, drückt die Rolle des Vortreffens derart in den Hintergrund, daß das, was die Offensive erst allmählich anstreben muß: die Verschmelzung des Vor= und Haupt=treffens in eine einzige Feuerlinie — sich hier meist gleich von Hause aus wird vollziehen können und es genügen wird, hinter diesem kombinirten Treffen der Abwehr nur ein aus schwa=chen Abtheilungen bestehendes „Unterstützungstreffen" als Zwischenglied zwischen diesem und dem dritten Treffen aufzu=stellen, um etwa gerissene Lücken zu füllen.

Dem Verfügungs= (eigentlichen dritten) Treffen fällt dann entweder dieselbe Rolle der Fortführung der als nicht genügend erkannten Leistungen der vorderen Linien zu, wie in der Offensive; oder aber es übernimmt die Durchführung jener oben für stets nothwendig erkannten Offensiv=Gegenstöße.

Die beiden ersten Linien (verschmolzenes Vor= und Haupt= treffen und aus ihnen zurückgestelltes schwaches Unterstützungs= treffen) werden auch hier zwei Dritttheil bis drei Viertheil der verfügbaren Gesammtkraft absorbiren; da aber die einheit= liche Frontalwirkung hier von höchstem Einflusse auf den Erfolg ist, wird es sich empfehlen, die Befehlsgliederung nach der Breite einheitlicher als nach der Tiefe zu ordnen; damit also auch den einzelnen Truppeneinheiten eine breitere Frontal= entwickelung zu gestatten, als in der Offensive (ein Bataillon bis ca. 500 Schritt).

Die einzelne Kompagnie wird mit Vorliebe zwei Züge, das einzelne Bataillon drei Kompagnien nebeneinander entwickeln, indeß die dritten Züge und vierten Kompagnien als verschmolzenes Unterstützungs= und Verfügungstreffen auftreten; bis endlich im Regiment das dritte Bataillon ein selbstständiges drittes Treffen zu bilden vermag.

17) Die decisive Defensive: die Behauptung einer Stellung bis zur eigenen Vernichtung, tritt — mit Ausnahme der Fälle, wo eine Truppe sich (als Reserve oder drittes Treffen) für eine andere opfern muß — wie erwähnt, meistentheils nur als Vorläufer des (mit einer anderen Gefechtsgruppe s. 3.) be= absichtigten Umsatzes in die Offensive auf.

Es wird für den Erfolg dieses von der Gefechtsführung geplanten Offensivstoßes, der nicht mit den eigenen Partial= Offensivstößen der defensiven Gruppe zu verwechseln ist, von Be= deutung sein, wann und wo der feindliche Angriffsstoß zum Scheitern gebracht wird. Erfolgt nämlich, dank der überlegenen Feuerwirkung der Defensive, das „Kehrtmachen" des Gegners schon auf sehr weite Entfernung vor der Stellung, so ist damit allerdings der reine Defensivzweck vollkommen erreicht, dem beabsichtigter Maaßen auf die Vernichtung des Gegners berech= neten decisiven Offensivstoße (des Offensivflügels oder der Reserve) ist aber damit seine Aufgabe wesentlich erschwert, wenn nicht (durch die zu große Entfernung) unmöglich gemacht.

Die Defensiv=Offensive ist, soll mindestens darauf berechnet sein, den eigenen entscheidenden Gegenstoß in dem Momente gegen den Feind zu führen, wo derselbe durch den vorangegangenen (sei es nun erfolgreichen oder nicht erfolgreichen) Sturm aufs höchste erschüttert ist und sich diesem Stoße nicht mehr entziehen kann.

Die zur decisiven Defensive bestimmte Truppe wird also den Moment, wo sie ihre volle Kraft zur Abweisung des feindlichen Angriffes einzusetzen hat, auch darnach berechnen müssen, wo und wann solcher Erfolg: der eigenen Offensivgruppe die beste Gelegenheit zur Lösung ihrer Aufgabe bietet.

Die Aufgabe der Defensive besteht jetzt weit mehr darin, möglichst starke Kräfte des Gegners bis auf diesen Punkt anzuziehen, als seine schwachen Kräfte schon vorher abzuweisen. Dazu wird es der Entfaltung einer ersten schwächeren Linie seitens des verschmolzenen Vor- und Haupttreffens bedürfen, welche vortheilhafter Weise nach dem Terrain in kleineren Gruppen so aufgestellt wird, daß im gegebenen Moment der ganze Rest der Hauptlinie in die Intervallen eindoubliren kann. Die Aufgabe jener ersten dünnen Linie ist es dann, den Feind zur Entwickelung zu zwingen und nach und nach zur Entfaltung immer bedeutenderer Kräfte zu reizen.

Aber auch selbst da, wo es sich lediglich um die Abweisung des feindlichen Angriffes handelt, wird wohl zu überlegen sein, ob die Entfaltung der eigenen vollen Feuerkraft nicht vortheilhafter Weise erst dann erfolgt, wenn der Feind mit seiner vordersten Linie die Zone der wirksamsten eigenen Schußweite erreicht hat, statt den vielleicht erfolglosen und dadurch gefährlicheren Versuch zu machen, die Abweisung schon auf weitere Distance bewirken zu wollen, ein Versuch, den die Infanterie besser der Artillerie zu machen überläßt — wenn nicht auch diese lieber das andere Verfahren vorzieht!

Auf die Bedeutung des soweit irgend thunlich zu aptirenden Terrains für die Defensive ist wohl nicht erst besonders hinzuweisen; gerade seinem erhöhten Einflusse aber ist es zuzuschreiben, daß die Lösung einer Defensivaufgabe für die stehende Truppe zwar an und für sich leichter, als die Lösung einer Offensivaufgabe, erscheint; daß aber gegenüber der dem Feinde zu überlassenden Initiative die Aufgabe der Anführung dadurch ganz wesentlich erschwert wird, daß im Verlaufe des Kampfes die Dinge sich unendlich vielseitiger gestalten können, als im Verlaufe eines Offensivkampfes und damit das zweck-

entsprechende Eingreifen der Anführung häufiger und ver=
schiedenartiger erheischt wird, als dort.

VII. Vom Demonstrativkampfe.

18) Wie man vom reinen Defensivkampfe sagen könnte, daß er von
den drei Stadien eines Vollkampfes nur die beiden ersten, der
Erschütterung und Vertreibung, nicht aber das dritte der Vernich=
tung des Gegners durchläuft, und dadurch zu einem „Halbkampfe"
herabsinkt, der zwar eine Entscheidung, aber noch keine end=
gültige Vollendung bringen kann; so ist vom Demonstrativ=
kampfe zu sagen, daß er sich mit dem ersten Stadium begnügt
und weil er also nicht einmal zu einer Entscheidung kommen
will, eigentlich auch den Namen eines „Kampfes" gar nicht ver=
dient — „Scheinkampf" bleibt (wenn auch nicht für den Einzel=
nen, so doch für die Truppe!). Der Demonstrativkampf kämpft
nur um des Zeitgewinnes willen, der Ortsbesitz (Behaup=
tung oder Vertreibung), der dem eigentlichen Kampfe seinen deci=
siven Charakter giebt, hat für ihn nur insoweit Bedeutung, als
die „Zeit" im concreten Falle durch den „Raum" mitbedingt wird.
Den Feind eine bestimmte Zeit hindurch festzuhalten oder auf=
zuhalten ist seine Tendenz, die sich freilich nicht erreichen läßt,
ohne den Schein beabsichtigter Vertreibung oder Behauptung an=
zunehmen.

Der Demonstrativkampf muß daher seine Thätigkeit genau
ebenso beginnen, wie jene anderen decisiven Formen, weil er
anderenfalls ja den Feind nicht über seine wahren Intentionen zu
täuschen vermöchte. Da er aber nicht bis zu einer Entscheidung
und Vollendung fortfahren will, können bei ihm die sonst noth=
wendigen drei (resp. zwei s. 16) Treffen gleich von Hause aus
in nur eines verschmolzen werden*), zumal ja solcher Scheinkampf
nur einzig und allein da Platz zu greifen hat, wo andere Ge=
fechtsgruppen bereit sind, die gewonnene Zeit auszunutzen, also
auch die Demonstrativtruppe nöthigenfalls zu unterstützen oder
aufzunehmen.

Die Breitengliederung überwiegt daher hier die Tiefen=
gliederung (deren Mangel eben durch andere Truppen ersetzt

---

*) Was selbstverständlich nicht heißen soll, daß dieses eine Treffen sich
gleich von Hause aus auch in eine Schützenlinie auflösen soll.

wird) noch bedeutender als im Defensivkampf, ohne daß man jedoch hier, wie für die beiden decisiven Formen auch nur annähernd noch bestimmte Vorschriften geben könnte.

Die Flüssigkeit der Form wie des Verhaltens bietet der Unterführung den größesten Spielraum eigener Bewegung im Sinne des gesteckten Zieles; die „individuelle Freiheit" ersetzt fast vollständig den „formellen Zwang."

Nur unter der einen Gestalt des Rückzugskampfes ist auch das demonstrative Verhalten an festere Formen gebunden, weil eben hier der Gegner die eigene Absicht bereits durchschaut hat und Alles daran setzen wird, die Truppe, die gerade in diesem Moment das höchste Interesse daran hat, nicht in eine Entscheidung fortgerissen zu werden, dennoch dazu zu zwingen.

Es ist bekannt, welch' hohe Anforderungen deßhalb der Rückzugskampf an die Truppe und ihre Anführung stellt, und daß dieselben nur erfüllt werden können, wenn bei der Verwendung jetzt unbedingt nothwendig gewordener Decisivformen, namentlich in der Tiefengliederung, dennoch die Demonstrativtendenz keinen Augenblick aus den Augen verloren wird, die sich im rechtzeitigen Abbrechen des Kampfes nach errungenem Partialerfolge ausspricht.

Staffelweises Zurücknehmen möglichst großer Glieder der Front, unmittelbar nach Erringung eines solchen in defensiver oder offensiver Weise erlangten Localerfolges und (mindestens als Regel festzuhaltendes) Wiederfrontmachen des zurückgenommenen Bruchstückes auf Höhe des aufnehmenden sind die beiden Angelpunkte des Verfahrens, welches im Uebrigen wie kein anderes, von den Umständen abhängt!

Endresultat für die Ausbildung.

Aus allem Gesagten geht hervor, wie unendlich vielseitig sich die Ausbildung der Infanterie für Kampf und Gefecht gestaltet und wie das absolut darin zu fordernde Endresultat nur erreicht werden kann, wenn vom einzelnen Mann bis hinauf zum höchsten Anführer und Führer — Jeder mit seiner jeweilig speziellen Aufgabe aufs genaueste vertraut ist und Einer dem Anderen dabei in die Hand zu arbeiten gelernt hat.

Für denjenigen aber, der da lehrt, gilt es vor allen Dingen, sich selbst in jedem einzelnen Falle klar zu sein, was er denn darstellen will und den Untergebenen dieses Ziel klar zu machen, damit sie verstehen lernen, wie dasselbe am praktischsten erreicht werden kann!

Die geistigen Mittel der Führung, um die kriegerische Handlung zu solchem Resultate hinauszuführen, wurzeln in einer gesunden, auf praktische Erfahrung gestützten, Gefechtstheorie und ihrer applicatorischen Uebung (im Terrain und auf Karten), durch welche die Vernunftsgesetze der Gefechtslehre, soweit sie die Bestimmung von Ort, Zeit und Kraftvertheilung zum Kampfe berühren, persönliches, selbsterworbenes, geistiges Eigenthum des einzelnen Führers zu werden vermögen.

Die äußeren Mittel aber zur Erreichung des der (unteren) Anführung im Kampfe gesteckten Zieles sind vollinhaltlich gegeben in den reglementarisch vorgeschriebenen Formen, für deren den Vernunftgesetzen der Kampflehre entsprechende **Anwendung** die hier entwickelten, „taktischen Grundsätze" einen Anhalt haben geben sollen.

Druck von C. H. Schulze in Gräfenhainichen.